청어詩人選 307

영혼이
허기질 때

안상제 시집

청어

영혼이 허기질 때

안상제 시집

추천사

안상제(安相帝) 시인이 출간할 시집의 원고를 보내며 추천사를 부탁하였다. 커피를 한 잔 시켜놓고 원고를 읽는다. 참으로 오랜만에 갖는 편안함이다. 이 편안한 휴식의 시간을 제공한 안상제 시인에게 감사하면서 추천사를 쓴다.

우리 안 시인은 조용한 성격으로 어깨가 쩍 벌어지고 바리톤 목소리(baritone voice)를 가지고 있어 매우 과묵해 보이는 남자다. 그런데 그 굵직한 목소리로 한마디 했다 하면 우리 부스트코리아로타리 멤버는 다 뒤로 넘어진다. 보기와 다르게 웃는 얼굴로 위트 있는 농담을 잘해서 인기가 매우 높다.

언제부터 시를 왜 쓰기 시작했냐고 물어본 적이 있다. 어렸을 때 강원도에서 혼자 서울로 유학을 와서 고향과 부모 형제가 그리워서 시를 쓰기 시작했다고 한다. 시를 쓰기 시작한 동기가 얼마나 인간적인가? 이 시집에는 95편 가까운 시가 담겨져 있는데, 많은 부분이 고향을 그리는 추억과 그리움, 가족과 사랑에 대한 시들임을 알 수 있다.

나는 원고를 읽는 동안, 아름다운 마음씨를 가진 사람이 아름다운 시를 만드는구나, 하는 것을 느꼈다. 안 시인의 이 시들은 우리의 인생을 아름답게 만들어 주는 귀중한 선물이라는 생각이 들었다.

하루의 일과 중 차 한 잔 마시며 잠시 쉬는 시간을 갖는 것은 보약을 먹는 시간이라고 한다. 이 차 한 잔의 휴식에 시 한 수를 곁들이면 보약 중 보약을 드시는 시간이 될 것이라고 확신한다.

나는 시를 써 본 적도 없고 시집 한 권을 다 읽어본 적도 없다. 그런데 이 시집의 원고를 다 읽고 나니 나도 시를 써 보고 싶다는 생각이 들었다. 매일 차 한 잔과 시를 한 수를 읽는 편안한 시간을 가져야겠다는 생각이 들었다.

안상제 시인이 여러분에게 드리는 이 시 한 수를 맛있는 차와 함께 드실 것을 권유합니다. 그 휴식의 시간은 여러분을 건강의 나라로, 행복의 나라로 인도할 것입니다.

감사합니다.
안상제 시인
수고했소, 고맙소!

전병태
전 건국대학교 충주캠퍼스 총장
서울부스트코리아로타리클럽 회장
한국녹용학회 회장, 농학박사

시인의 말

막상 시집 한 권을 세상에 내놓으려 하니 영 부끄럽고 두렵기마저 합니다.

때로는 절망하고, 때로는 환희하고, 때로는 아파하고, 때로는 설레는 마음에 가슴이 두근거리며, 때로는 옛 추억에 잠기며, 온몸으로 온마음으로 글을 쓰고 다시 또 고쳐 써가며 하나하나 새 생명을 출산하는 듯한 산고를 겪으며 쓴 글이지만 막상 세상에 내놓으려 하니 2000여 편의 글 중 단 한 편의 시도 선뜻 내놓기가 주저스럽기만 합니다.

20대 때 쓴 글부터 오십대에 이를 때까지 다양한 연령대와 다양한 장르의 주제를 골고루 선정하였고 독자들의 연약한 가슴을 배려(?)하여 가슴이 너무 먹먹하지 않도록 비교적 담담하고 순한 글들로 선정하였습니다.

세상살이로 심신이 고달픈 사람들에게, 사랑앓이에 가슴이 아픈 사람들에게, 세상을 무미건조하게 아무 의미도 못 느끼며 살아가는 사람들에게, 한 줌의 비처럼, 한 잔의 커피처럼 스며들 듯 읽혀졌으며 좋겠습니다.

가을이 깊어가는 날, 겨울이 온몸을 옴츠러들게 하는 시린 날, 설레이는 두근거림으로, 그리움으로, 온몸이 파여 나가는 듯한 아픔으로, 또 한 편의 시를 쓰며, 박꽃이 하얗게 피어나는 듯한 환한 웃음 지으며 행복해지겠습니다.

차례

3부 가족, 추억

4부 서정

5부 그리움 그리고 사랑

6부 아픔

1부

인생

바위도 사랑을 하면
푸른 이끼가 돋아난다

푸른 이끼도 사랑에 빠지면
바위를 끌어안는다

작고 사소한 행복

비를 맞고 걸어갈 때
내게 우산을 씌워주는
그런 사람이 있다면
조금은 비 맞아도 행복할 겁니다

내가 힘들어할 때
내게 술 한 잔 권하며
위로의 말 건네주는
그런 사람이 있다면
조금은 힘들어도 행복할 겁니다

비 오면 비 오는 대로
힘들면 힘든 대로
그 속에 작은 행복이 있습니다

맑은 날
아무 일 없던 날은 모르던
사소한 행복

비 오는 날

힘든 날

비 맞아도

힘들어도

그 속에도 작은 행복이 있다는 걸

배워 갑니다

우리네 인생

특별한 노력을 기울이지 않아도
연륜은 잘도 쌓여만 가듯

모든 일들도 연륜처럼
저절로 이루어지면 좋으련만

열심히 노력해도
이루어지지 않는 것이 대부분

안 바래도 저절로 이루어지는 것도 있고
간절히 바래도 이루어지지 않는 것도 있으니

이것이 우리네 인생살이
그런 줄 뻔히 알면서도

저절로 오는 것은 오지 말라 하고
오지 않으려 하는 것은 오라 하며

애태우고 애태우며 살아가는
우리네 인생입니다

서로 맞아야

바위도 사랑을 하면
푸른 이끼가 돋아난다

푸른 이끼도 사랑에 빠지면
바위를 끌어안는다

혼자 이룬 것 같아도
혼자 이루어지는 것은 없다
서로 맞아야 이루어진다

사람도 그렇다
사랑도 그렇다

바꾸는 세상

새로 산 물건이 마음에 안 들면
다른 것으로 바꾸어 주는 세상

잘 쓰던 물건도 고장 나면 고치지 않고
새것으로 바꾸는 세상

사람도 마음에 안 들면
새사람으로 바꾸어 버린다는데

무엇이든 고치려 하지 않고
새것으로 무조건 바꾸는 세상

나는 어쩌지
나도 마음에 안 드는데

세월 2

올 때는 천천히 왔다가
갈 때는 빨리 가는 것이 세월이더니

언제부터인가 올 때도 조금씩 빨라지더라

이제는 내심 오지 말았으면 하고 바래도
저 스스로 알아서 빨리 오더라

오라는 돈은 왔다가
모르는 척 그냥 가는데

세월만큼은 가는 만큼
꼬박꼬박 새것으로 채워주고 가더라
쭈글쭈글해지는 피부를 덤으로 얹어서

고맙다고 해야 하나
말아야 하나

참 모습

먼 산에 바람 부니
처마 끝 풍경이 울고

처마 끝 풍경 우는소리에
앞산 자락에는 바람이 이네

구름이 가니 구름이 오고
구름이 오니 구름이 가네

흘러가고 흘러오는 곳
그 어드메인가

가고 오는 정처가 본래 없거늘
알아본들 무엇하리

가는 구름 오는 구름
모두 걷어내면
푸른 하늘 오롯이 드러나 듯

가슴에 이는
바람
소리
모두 걷어내면

참 모습
확연히 드러날까

내려놓아야 산다

내려놓아야 산다
백지장도 들고 있으면 힘들다

하물며 천근만근 돌덩어리보다 더 무거운
안 좋은 기억이라면

당장
내려놓아야 산다

아무리 예쁜 향기 나는 꽃이라도
들고 있으면 힘들다
하물며 역겨운 냄새가 나는
더러운 오물 덩어리라면
두말해서 무엇하리

버려야 산다
좋은 추억
좋은 말씀
도움이 되는 좋은 지식

놓지 않으려 애를 써도
자꾸 놓치는데

놓아야 할 안 좋은 기억
버려야 할 오물 덩어리

당연히 버려야 할 것들
버리려 버리려 해도
접착제를 발라놓은 듯
지독하게 떨어지지 않는 것들

한순간에 잊어버려야 한다
한순간에 버려야 산다

그래야 살 수 있다
백지장도 맞들면 덜 힘들다는데
천근만근보다 더 무거운 안 좋은 기억
냄새조차 맡기 싫은 더러운 오물 덩어리
혼자 다 들고 있자니 얼마나 힘들겠는가

한순간에 삭제 버튼 눌려진 컴퓨터처럼 잊어버려야 한다
한순간에 변기물을 내리듯 버려야 한다

놓아야 산다
버려야 산다

완벽한 구족자(具足者)

당신은
당신 그 자체로
완벽한 구족자(具足者)

당신 안에 모든 것이 다 들어 있습니다
당신을 들여다보세요

밖을 보려 하지 말고
남을 보려 하지 말고

당신 안에 있는
당신을 잘 살펴보세요

그곳에 완벽한 당신이 있습니다
그곳에 행복한 당신이 있습니다

당신이 최고입니다

추

흔들렸다고
형편없는 사람이라고
흉보지 마라

흔들렸다고
창피해 하지도 마라

흔들리면서 살아가는 거다
흔들리면서 자리를 잡아가는 거다
흔들려야만 비로소 제 자리를 찾을 수 있는 거다

중심을 잡아주는 추
중앙에 자리 잡고 흔들리지 않도록 기준이 되는 점

그러한 추도 흔들리지 않으면 중심을 잡지 못 한다
흔들려야만 중심을 잡을 수 있다
흔들리지 않으면 추가 아니다

사람도 그렇다
흔들리면서 중심을 잡아간다
흔들려야만 중심을 잡을 수 있다
흔들리지 않으면 영원히 중심을 잡을 수 없다

흔들리면서 자리를 잡아간다
흔들려야만 자리를 잡을 수 있다
흔들리지 않으면 자리를 잡을 수 없다

흔들리면서 흔들리면서
그렇게 살아가는 거다

그러다가 그러다가
중심이 잡히는 거다

그러다가 그러다가
자리를 잡는 거다

비움

가을 하늘이 아름다운 건
파란 하늘빛보다 더 고운
비움이 있기 때문

당신이 아름다운 건
예쁜 얼굴보다 더 고운
비운 마음이 있기 때문

채우기 위한 비움이 아닌
참 비움
채워 넣으려는 마음마저 비워낸
텅 빈 비움

가슴을 도려내고
쓸어내고 털어내어도
허전하지 않은
진정한 비움
텅 빈 충만

그래야만 보이는 진정한 나의 모습

참 나가 그 자리에

태초부터 있었다

오늘

오늘
떨리는 마음으로 반갑게 맞이하고
아쉬운 마음으로 마지못해 보냅니다

늘 좋은 날만은 아니어서
두려운 마음으로 어쩔 수 없이 맞이하는 날도 있고
다시는 만나고 싶지 않은 날로 떠밀어 보내는 날도 있습니다

어떤 날은 몹시 기다려지고
어떤 날은 제발 오지 않았으면 하는 날도 있지만

좋은 날이든
괴로운 날이든
그저 그런 날이든

오늘은
일생에 처음으로
맞이하는 날이자
일생에 다시는 못 올
마지막 날

일생에 하나 뿐이 없는
소중한 날

오늘
오늘을 잘 보내야겠습니다

모래알

천년바위는 무너져 내려도
바닷가 모래알은 무너지지 않는다

밟으면 밟는 대로
파도가 덮쳐오면 덮쳐오는 대로
휩쓸고 가면 휩쓸고 가는 대로
밀려오고 밀려가도
그 자리에 그대로
억만 년을 지키고 있지

천하를 호령하던 영웅호걸
다 스러져 갔어도
천만년이 지나도 억만 년이 지나도 그 자리를 지키고 있는 건
언제나 이름 없는 민초들

밟으면 밟는 대로
휩쓸고 가면 휩쓸고 가는 대로
이리 밀리고 저리 밀리고

살아가는 것만도 벅차서
고개 한번 들어볼 새 없는 나날들

모래알처럼 약해도
밟지 마라
밀어내지도 말아

가지 않는다
절대 가지 않는다

언젠가 다시 또 언젠가
천만년이 흘러도 억만 년이 흘러도

모래알처럼 그 자리에
꿋꿋이
있을 거다

등불

백억 광년을 달려와
아승지겁 동안 쌓인
어둠일지라도
작은 등불 하나를 이기지 못한다

작은 등불 하나면
너끈히 물리칠 수 있다

절망뿐이 없는
칠흑 같은 어둠이
그대를 덮칠지라도
두려워 마라
낙심하지 마라

서원이라는 등불 하나면
믿음이라는 등불 하나면
너끈히 이겨낸다

등불을 이기는 어둠 없듯
서원을 이기는
믿음을 이기는
난관은 없다

간절한 서원을 안고
희망차게
바른 믿음으로
두려움 없이
앞으로
앞으로 나아가자

인생길

요금소도 없는 인생길
파란 불도 없고 빨간 불도 없는 길

누구라도 원하던 원하지 않던
무조건 가야 하는 길

이정표도 없이
각자 알아서 가는 길

빨리 가라고 떠미는 이도 없고
가지 말라고 막는 이도 없는 길

휴게소도 없는데
힘들 땐 어디서 쉬지

인생길에는
대리운전도 없다는데
술 취하면 누구에게 맡기지

자가용 말고
대중교통은 없나

대자유

평생을 쭉쭉 곧게 곧게
키 크는 일에만 골몰해도

뿌리를 박은 나무는 하늘에 닿을 수 없고
지표의 속박에서 벗어날 수 없도다

뿌리도 없이 떠다니는 구름아
그 어디에도 연연하지 아니하니
하늘도 정처를 알지 못하는도다

속박이 무엇인지도 모르고
자유가 무엇인지조차 모르나니

눈치 빠른 이는
알지어다

대자유를

놓으라 하네

놓으라 하네
잡은 것도 잡을 것도 없는데

내려놓으라 하네
든 것도 들 것도 없는데

거울 앞에서

걸음마를 배운 지도 어언 23년
짧다면 짧은 세월이지만
길다면 긴 세월

그 끝에 선 이 자리여
나는 네게 묻노니

너는 누구냐
무엇을 하였느냐

두 눈을 부릅떠 물어보아도
너는 나를 노려볼 뿐
아무런 말을 못 하누나

구두끈을 동여매 본다

개성 처녀

둥그렇게 서서 배구를 했다
놀이 방법이 다를 줄 알았는데

룰에 대해 아무런 설명 없이 하여도
문제가 없다

웬 녀성분이 내게 집중적으로 공을 보낸다
술래가 되라고

운동 신경 좋기로 한가락 하는 내가
술래가 될 일은 절대 없지

공을 보내다 보니
나도 한 녀성에게 집중적으로 공을 보내고 있다

가만히 생각해 보니
그 녀성이 굉장히 예쁘다

어느새 여기저기서 원성이 들려온다
왜 그 녀성에게만 공을 보내냐고, 좋아하냐고

이크 이게 웬 소리인가

나도 모르게 그 예쁜 녀성이 마음에 들었나 보다

마음에 들어도 나는 이미 유부남이고

설사 총각이라 해도 결혼은 꿈도 꾸어 볼 수 없는 나라인데

다른 녀성들에게도 공을 골고루 나누어서 보내 주었다

히히히… 호호호… 깔깔깔…

웃으면서 공놀이를 하다 보니

어느새 나는 또다시 그 녀성에게만 공을 보내고 있다

또 원성이 들려온다

내 아내도 아니고 내 여자친구도 아닌데

당연한 듯 이 많은 녀성들이 또 원망들을 한다

에라 모르겠다 대 놓고 그 녀성에 공을 보냈다

히히히… 호호호… 깔깔깔… 웃으면서 해대는 원망이

그저 즐겁기만 하다

얼굴 빨개지며 수줍어하는

그 녀성이 예뻤다

※ 개성공단에서 남한 사람과 북한 사람이 어울려 함께 일하며
여가를 보내는 쉬는 시간 모습을 그린 내용입니다.

41

버려라

놓아두면 천하 어디에 있든
내 것이건만

잡으려 하니 내 앞에 있어도
내 것이 아니네

저 하늘에 수많은 별도 그대로 놔두니
가져가는 이 없고

저 하늘의 금덩어리 커다란 달도
가져가는 이
아무도 없다

내 보고 싶을 때 언제든지 볼 수 있으니
내 것이 아니면 그 누구 것이겠는가

놓아라 버려라
천하가 다 네 것이 되리라

그러한 마음마저 다 버려라
대자유가 너를 가지리라

그럴 날 오겠지요

산은 말이 없어도
무궁한 메시지를 전하고

구름은 발이 없어도
못 가는 곳 없다네

입이 있어도 할 말을 못 하고
할 말을 한다 해도 통하지 않는

발이 있어도 갈 수가 없고
가려고 해도 갈 수 없는

그렇게 70년을 보냈으면 통할 만도 한데
이제는 가고 올만도 한데

언제 통할 수가 있을까요
언제 갈 수가 있을까요

기다리고 기다리면
그럴 날 오겠지요

※ 남과 북의 이야기입니다.

죽어가는 모든 것들

죽어가는 모든 것들의 공통점
생명이 있다는 것

살아가는 모든 것들의 공통점
죽어간다는 것

두려워 말라
생명이 있기 때문에 죽을 수도 있고
죽을 수 있기 때문에 살아있는 것

주어진 생명동안
열심히 아름답게
사랑하며 살 일이다

2부

계절

백담계곡 맑은 물에
씻기고 씻기워
눈이 부시도록 하얀 바윗돌

그곳에
어느 스님이 붙잡아 매어 놓으셨나
떠날 줄 모르고 앉아 있는
뽀오얀 봄볕

봄바람

님께서 불어주는
따뜻한 입김

향기 나는
따뜻한 바람

봄

떠난다는 말도 없이
멀리 떠나간
무정한 그놈

그래도 생각나네
추운 겨울이면

백담사

피안은 그 어드메인가
오늘은 이 마을
내일은 저 산
세세처처(世世處處) 정처 없이 떠다니는 만행(卍行)길

산을 넘고 또 넘고
물을 돌고 또 돌아
찾아온 곳
백담사

먼 길 온 순례자를 위해 따라주는
차 한 잔에

그만
부처도 잊고
세상도 잊고

백담계곡 맑은 물에
씻기고 씻기워
눈이 부시도록 하얀 바윗돌

그곳에
어느 스님이 붙잡아 매어 놓으셨나
떠날 줄 모르고 앉아 있는
뽀오얀 봄볕

그 곁에
이 마음도 붙잡아 매어 두고

빈 육신만이 홀로
돌아가네

봄볕

봄볕 한 줌에
냉이가 한 바구니

봄볕 한 줌에
고들빼기도 한 바구니

나물 캐는 처녀들의 바구니에는
어느새 봄나물이 하나 가득

세상사 모든 일들
봄 처녀들의 재잘거림에서 놀아나고

총각들의 싱거운 웃음엔
황소가 한 마리

종달새 한 마리 얼레리꼴레리 놀리며
날아가 버린 동산에
아지랑이가 모락모락

옛 추억이 그리워져 저 하늘 바라보노라니

그 옛날도 꿈이요

먼 훗날도 꿈이어라

봄은 다시 와요

너무 많은 걸 담아내려 했나요
힘들어 보였나요

기다리지 않아도
얼어붙었던 대지에 봄이 와요

복수초 금낭초롱 민들레 애기똥꽃 제비꽃 할미꽃 피어요

힘들어하지 말아요
웃어요

기다려도 기다리지 않아도
봄은 다시 와요

초봄

두루마리 휴지를 풀듯
강물을 휘휘 풀러
바다로 흘려보낸 날

근심걱정마저
모두 꺼내 던져 버리고
돌아오는 둑길

꼬맹이 파란 풀잎이 고개를 삐쭉 내밀고
앙증맞게 인사를 건네는
초봄

노랑나비는 아직 나오지도 않았는데
덩치 큰 한 아저씨가
너울너울 날아가네

텅 빈 충만

빈들에
쓸쓸함이
묻어나나요

가을걷이가 끝난
텅 빈 들녘

홀로 서서
이 가슴마저
다 비우고 나면

채워지는
텅 빈
충만

낙엽이 쌓인 길

아주 오래된 길도
낙엽이 쌓이면 아무도 가지 않은 새 길이 된다

아무도 가지 않은 새 길을
조심스럽게 걸어간다

낙엽들이 속삭여 주는 소리
귀 기울이며 살금살금 걸어간다

어디선가 문득 마주치는 이가 있을 것만 같은
이 길을 걸어간다

처음 마주치는 이
처음 보는 이일지라도
옛부터 못 견디게 그리웠을 이일 것만 같게 느껴질
이 길을 걸어간다

가을바람 앞에선

끝나지 않을 것만 같던
뜨거웠던 여름날도

영원할 것만 같던
철없던 사랑도

온 산을 덮어 버렸던
푸르던 잎사귀들도

길길이 자란
무성한 잡초 더미들도

가을바람 앞에선
속절없이 스러져 가는구나

깊어가는 가을밤

낙엽이 지는 소리
내게로 다가온다

가을날 흐린 오후

가을날 흐린 오후

낙엽이 우수수 떨어지는 거리
앙상한 나뭇가지

무참히 떨어져 뒹구는 낙엽들

밟으며 가는 사람들
어디로 어디로 가는 거지

스며드는 서늘한 바람
축 처진 어깨

무참히 쓰러져 뒹구는 절망들

밟으며 가는 사람들
어디로 어디로 가는 거지

나는
나는 어디로

어디로 가야 하는 거지

겨울 햇살

겨울날 양지바른 곳
따뜻한 온수처럼 쏟아지는 햇살

한 줌도 아까워서
흘릴세라 놓칠세라
호주머니에
부지런히 주워 담아

우리 어머니랑 누나랑 내 동생이랑
따끈한 곱돌처럼
가져다 드려야지

시린 손이
시린 얼굴이 따뜻해지도록

싸락눈

좋은 사람들과 함께 하는 산행 길

산성에 내리는 싸락눈
설탕처럼 달콤하고
솜처럼 포근한 하얀 싸락눈

이해득실 없는 사람들과 영역 없이 나누는
이런 이야기 저런 이야기
소록소록 하얀 눈처럼 쌓여가고

다시는 못 올 이 순간들
낙엽 속에 추억으로 숨겨 두고

막걸리 한 사발 들이켠 듯
이리 비틀 저리 비틀 휘어진 길을 따라
옛 어른들 심정 헤아리며 내려온 길

뒤돌아보니 아득해라
먼 훗날 다시 찾아와도
그 눈길
그 이야기들
그대로 있으려나

눈 내린 날 아침

하얀 눈이 내린 날 아침
햇살이 마당으로 옹기종기 모여들었다

하얀 눈은 햇살이 내려앉도록 자리를 내어주고
눈치 빠른 참새들은 햇살보다 먼저 냉큼 그 자리를 차지하고

조금씩 넓혀지는 자리 한 귀퉁이에
나도 한자리를 차지하여 쪼그리고 앉았다

자리를 빼앗긴 햇살 앉을 곳이 없자
내 등과 어깨에 엉덩이를 걸치고 내려앉는다
그놈 엉덩이 참 따듯도 하네
온몸이 다 따듯해졌다

행복이란 게 뭐 별거 있을까
이 정도면 누구도 부럽지 않은 걸

지붕에는 악보 같은 고드름이 매달리고
떨어지는 낙숫물 소리에 맞추어
참새들의 합창이 시작되었다
까치는 춤을 추고
까마귀는 목청을 돋우고
관객은 겨우 나 하나뿐인데

빗소리

밤새 빗소리를 들었다

죄짓는 일도 아닌데
관음증 환자처럼 숨죽이며
남몰래 들었다

고전문학 전집을
읽어 내려가듯
내리는 빗소리를
모두 읽었다

무슨 뜻인지도
모르면서

그저 울었다

눈

지난밤을
하얗게 지새운 줄

어찌 아셨길래

님께선
온 세상을 하얗게
수놓으셨네

3부

가족, 추억

이런저런 좋지 않은 이유로

당신을 좋아하지 않는다면

이런저런 좋은 이유로 당신 아닌 또 다른 당신을

만들 수도 있기에

그냥 당신이어서 좋아합니다

아침

소리 없이
봄비가 인사하는 아침

짹짹짹짹
참새가
초록 이파리들을 깨우고

집에서는
늦잠 자는 아이들을 깨우는 소리
찌개 끓는 소리가 요란한 아침

소리 없이 번지는
입가의 미소

국화꽃을 닮은 당신

모든 꽃들이 시들어 떨어질 때에도
홀로 아름다운 국화꽃

모든 이들 늙어 갈 때에도
홀로 아름다운 당신

추운 겨울날
말려놓은 국화 꽃송이 몇 잎 집어넣어
우려낸 국화차

나누며
주고받는 한담(閑談)

내게 당신보다 더 한 국화꽃이
한 송이도 없었음은
나 혼자 아는 비밀

어머니의 사랑

기온이 뚝 떨어진 날
제일 먼저 떠오르는 얼굴
어머니 얼굴

며칠만 있으면 아흔 하고도 여섯
남들은 장수하신다고 하지만
보너스 같은 날들을 사신다고 하지만
나에겐 100세가 최저 기본급 나이라 해도 부족하지

자식들 조금이라도 더 물려주고 싶어
보일러 온도는 14도에 고정
제발 온도 좀 높이라고 해도
온도를 높여놓고 와도
어느새 설정온도는 원상복귀
몇도 낮추어 얼마나 더 물려주시겠다고

하루하루가 소중한 날들
하루하루 일분일초를 당신을 위해 쓰셔도 부족한 마당에
오로지 자식만을 생각하며 사시는 어머니

안부전화를 드려도
오로지 내 걱정 말고 너나 잘해라다

하늘보다 높고 바다보다 넓은
베풀어 주시기만 하는 어머니의 은혜

어찌 갚을까
갚을 길은 요원한데
점점 더 쌓여만 가는 어머니 은혜

아무리 추운 동장군이 찾아와도
어머니의 사랑에
자식의 눈시울은 뜨거워집니다

아내

예뻐도 뭔가 다르게 예쁜 사람
품위에 있어서도 뭔가 다른 기품이 있는 귀부인

함께 다니면 괜히 어깨가 으쓱해지고 자랑스럽기도 하고
그런 만큼
가까이 가려면 어렵게 느껴질 때도 있지

남자에게 제일 예쁜 여자는
처음 본 여자라는 속설도 있지만
당신은 보고 또 보아도
정말 예쁜 사람

아무리 보아도 질리지 않는
유일한 사람

처음인 듯 궁금하고
아무리 알고 또 알아가도
모르는 것 투성이인 사람

왠지 무섭고 두려울 때도 있지만
생각만 해도 설레고
마주치면 두근거리는 사람

바로 당신
나의 아내

수고했소 고맙소

수고했소
고맙소

이 말에 닻을 달아놓은 것도
천근만근 무게가 나가는 것도
못으로 고정해 놓은 것도 아닌데
왜 이렇게 꺼내기가 힘든지

고맙습니다 수고하셨습니다
더 예의 바르고 더 공손한 말
그런 말도 잘하면서
발림보다도 더 가볍게 잘도 하면서

수고했소 고맙소
왜 이렇게 꺼내기가 힘든지
참으로 어렵다
참으로 뭉클하다

남들한테 잘도 하던 말
당신께 하려니 왜 이렇게 무겁고 힘들게 나오는지 모르겠소

진심에 진심을 더 한 말이니
아마도 이렇게 무겁고
이렇게 진중하고
이렇게 어색하기까지 한가 보오

수십 년을 묵히고 또 묵혀서 하는 말이니
수십 년을 쌓고 또 쌓아서 하는 말이니
그 어찌 무겁지 않겠소
그 어찌 쉽사리 나올 수 있겠소

참으로 여러모로 고맙고 미안한 당신
다른 사람들에게 수십 년을 써먹어 온 말을
다 합친 것보다 더 한마음으로
당신께 하는 말

수고했소 고맙소

살아갈 수 있는 이유

최고만이 살아남는 세상
1등만이 대접받는 세상

이 살벌한 세상
이 치열한 경쟁의 시대에

내가 살아갈 수 있는 건
당신이 살아갈 수 있는 건

누가 뭐라 해도
당신에겐 내가 최고
나에겐 당신이 최고

이 넓은 세상에서
이 수많은 사람 중에서
내가 몇 번째인지
당신이 몇 번째인지
헤아릴 수조차 없을 때에도

당신에겐 내가 일등
나에겐 당신이 일등

그렇기 때문에
최고만이 살아남는 세상
일등만이 살아남는 세상

이 험한 세상
살아갈 수 있지

꽃길만 걸어요

꽃길만 걸어요
둘이서 손잡고

머나먼 인생길
꽃길만 걸어요

가다 보니 꽃길은 어느새 가시밭길이 되고
가도 가도 가시밭길

나 살기 바빠
손이 떨어진 줄도 모르고

얼굴은 일그러지고
원망은 하늘을 찌르고

네가 헤쳐보라 하고
너 때문에 헤쳐나갈 수 없다 하고

쓰러지면 더 많은 가시에 찔려야 하는지라
힘들어도 쓰러지지도 못하고

풀려가는 다리
견디다 못해 쓰러지지 않으려 지친 몸을 서로 기대어봅니다

두 손도 마주 잡았습니다
가시에 찔린 손이 따뜻하게 느껴집니다
마주 보는 눈길
피어나는 웃음꽃

그대 얼굴이 꽃밭인 것을
그대 얼굴 바라보며 가는 길이 꽃길인 것을
이제야 알아갑니다

서로를 바라보며
웃음꽃 피우며
가시밭길도 꽃길로 만들며
잡은 손 다시는 놓지 말고
한평생 같이 가요

그림자

당신 곁에서 영원히 떨어지지 않는
그림자였으면

햇빛 밝은 날
모든 사물이
서로 잘났다고 뽐내며
빛을 뿜어낼 때에도

나 홀로 빛나지 않는
그늘이 될지라도

당신 곁을 영원히 떠나지 않는
당신 곁을 영원히 지키고 있는

당신의
그림자였으면

껌딱지

입속의 연인으로
달콤하고 촉촉하고 끈끈하고 보드라운 사랑을 나누다
한순간 내동댕이쳐 저 버림받는 신세가 되어도
절대로 떨어지지 않는 껌딱지

당신께서 아무리 뭐라 하셔도
절대로 떨어지지 않는
껌딱지가 될 것이오니

꿈에서라도 헤어질 생각일랑 아예 마시고
알콩달콩 한평생
행복하게 살 생각만 하소서

달콤하고 촉촉하고
끈끈하게 보드랍게

시들어도 예쁜 꽃

시들어 예쁜 꽃 없다지만

나의 꽃잎

시들어도
떨어져 땅바닥에 나뒹굴러도
예쁘기만 하네

나의 꽃이니까

강물

우리 어머니 등처럼
구부정하니 흐르는 강물

흘러도 흘러도
마를 날 없는 까닭

자식 걱정에
자식 사랑에

눈물 마를 날 없었음을
왜 진작에 몰랐을까

갔다 올게

아침마다 하루도 빠지지 않고
매일매일 하는 인사

일상적인 인사이다 보니
했는지 안 했는지
기억조차 나지 않는 흔한 인사

인사이면서
약속이기도 한 말
아무런 다짐도 없이
편하게 한 약속

하지만
이보다 더 중요한 약속
이 세상에 또 있을까

그 어떠한 약속보다
그 어떠한 맹세보다
더 확실하게 지키지 않으면 안 되는 인사

지켜주오
다른 약속은 다 못 지키더라도

그 어떠한 일이 있더라도
갔다 올게
이 약속만은 꼭 지켜주오

그냥 당신이어서 좋아합니다

그냥
당신이 좋습니다

이런저런 좋은 점이 아주 없는 것은
아니지만
그냥 당신이 좋습니다

아니 이런저런 좋은 점이 꽤나 많지만
그냥 당신이 좋습니다

이런저런 좋은 이유로 당신을 좋아한다면
이런저런 좋지 않은 이유로 당신을 좋아하지 않을 수도 있기에
그냥 당신이 좋습니다

그냥
당신이어서 좋아합니다
이런저런 좋지 않은 점이 아주 없는 것은
아니지만
그냥 당신이어서 좋아합니다

아니 이런저런 좋지 않은 점도 꽤나 많지만
그냥 당신이어서 좋아합니다

이런저런 좋지 않은 이유로
당신을 좋아하지 않는다면
이런저런 좋은 이유로 당신 아닌 또 다른 당신을
만들 수도 있기에
그냥 당신이어서 좋아합니다

내가 당신을 좋아하는 유일한 이유

그냥
당신이어서 좋아합니다

녹용

녹용 보면 가슴이 뭉클해진다
어머니 생각이 절로 나서

아이가 약해질세라
코피가 날세라
감기 들세라
무럭무럭 튼튼하게 자라라고
해마다 가을이면 녹용 한재씩 지어 주셨지

동생도 안 주고 당신께서도 안 드시고
아버지조차 안 드리시면서
나만 해 주셨지

질투하는 동생에겐 보약이라고 무언가를 주셨지만
어리고 순진한 때였어도
진짜 보약이 아닌 것만은 틀림없어 보였어

어머니 생각하면
녹용이 생각나고
녹용 한재

아니 녹용 두 재 세 재 먹은 것보다
더 힘이 난다
갑자기 혈기가 왕성해지고
두 눈이 밝아지며
태산이라도 번쩍 들어올릴 것만 같다

어머니
어머니가 지어 주신 녹용과
어머니가 무한하게 퍼부어 주신 사랑의 힘으로

환갑이 다 된 나이에도
젊은이 부럽지 않은 체력으로
건강하게 잘 삽니다

어머니
고맙습니다
오래오래 만수무강하세요

까만 콩자반

귀하디 귀하고 비싸디 비싼
까만 콩
그 귀한 콩 그 비싼 콩 그 좋은 콩
어렸을 땐 몰랐다 그렇게까지 좋은 줄을

다른 아이들은 노란 콩자반
나만 혼자 까만 콩자반
창피했었다 맛도 더 없는 것 같고

집집마다 까만 콩을 키웠어도 정작 집에서 먹을 콩은 없었다
내다 팔아서 돈으로 만들어야 했기에
감히 직접 먹을 줄은 몰랐다

그 비싸고 귀한 콩 그 좋은 콩을 우리 어머니만이
자식을 위한 도시락 반찬으로 기꺼이 싸 주셨어도

나는 그걸 몰랐다
나 혼자만 까만 콩자반 가져가는 게 창피했을 뿐
왕따 되는 기분이었다

세월이 한참 지나 성인이 되어서도
부엌살림을 모르는 나는 몰랐다
한심한 녀석 같으니
웰빙이란 말이 생기고 나서야 그제서야 비로소 알았다

우리 어머니가 얼마나 자식을 위해
비싸고 귀한 좋은 콩으로 반찬을 싸 주셨는지

어머니 사랑합니다

이제는 콩 중에서는 까만 콩만 먹어요
아니 비싼 콩이라 양껏 먹지는 못하고 아껴 먹어요

젓가락으로 한 알만 넣어도 목이 메이는 까만 콩
큰 맘 먹고 숟가락으로 퍼서 입에 넣어 봅니다
힘이 불끈 솟고

아내가 해 주는 맛있는 콩자반
아내의 사랑과 정성에 어머니의 하늘 같은 사랑을 얹어 먹는
까만 콩자반

달빛 쏟아지던 가을밤

달빛이 금싸라기처럼 쏟아지던 밤
밤송이들은 몸을 열어

여기서도 툭
저기서도 툭
여기저기서 툭 툭 툭툭
출산을 하였다

밤톨 주우러 나왔던 다람쥐란 놈
깜짝 놀라 숨어 버리고

하얀 박씨 부인
잿간 지붕 위에 앉아
오지 않는 서방 밤새워 기다리고

도둑 없는 마을이라
할 일도 없는 개들
심심함에
나무 그림자 도둑 삼아
밤새워 짖어댔다

사진첩

인생은 가도 사진은 남아
옛날이 그리워질 때면 꺼내 보는 사진첩

사진첩을 넘길 때마다
지금 일어난 일들처럼 떠오르는 지나간 이야기들

힘들었던 일들마저
옛이야기가 되면 다 아름다워지는 건가

좋았던 기억도 안 좋았던 기억도
모두 다 그리운
옛이야기가 됩니다

아 그리운 그 옛날
그 시절
그 추억

돌아가고파

알밤

갑옷을 두르고
길고 뾰족한 가시로 철통방어를 하면서

왼쪽에는 좌의정 대감
오른쪽에는 우의정 대감
한가운데에는 영의정 대감을 모셔서
귀하디 귀하게 키운 소중한 알밤을

하늘이 유난히 높고 푸르던 날
다람쥐가 잠시 한눈을 파는 사이
보물주머니를 쫘악 열어 하사해 주신
귀하디 귀한 알밤

할머니께서는 풀섶을 헤치며 주어 모으셔서
부엌에 바닥을 파고 묻어 놓은 항아리에
하나 가득 채워 파묻어두시고는

추운 겨울날 밥을 지으시고 남은
장작불에 노랗게 구워

토실토실한 알밤을
손주 녀석만 몰래 불러다 먹이셨지

맛있게 먹고 있는 손주 녀석 얼굴보다
더 환한 얼굴로

다른 행운 따윈

필요 없습니다

당신이라는 행복

그것만이 필요합니다

도라지꽃

도라지꽃이 피었다
꽃 이파리 달랑 한 장

아무도 찾지 않는 두메산골
산 중턱 바위 밑

풀숲에 섞여
보라색 꽃잎을 피워냈다

비싼 옷 겹겹이 두른
도회지 세련된 멋쟁이 숙녀 같은 꽃들아
비켜라

보라색 꽃잎 한 장
달랑 두르고

외딴곳 고요히
청초한 모습으로 피어 있어도

어디다 비유하리
너만 보인다

달개비꽃

티 내지 않아서
잘 모르는 꽃

튀지 않아서
아무도 관심 두지 않는 꽃

자세히 보면
얼마나 예쁜지

보랏빛에 가까운 진 파랑
쭉 뻗은 희고 노란 꽃술

근접하기 어려운 도도함까지 갖춘
이 아름다운 꽃

주변에 있어도
잘 몰랐어

당신처럼

산수유

이른 봄 제일 먼저 피어난
산수유 꽃

하얀 성애 발을 밀어내고 피워낸
노란 꽃송이

봄바람이 불 때마다
속울음처럼
소리 없이 떨어져갔다

날이 가고 달이 가고
달이 가고 계절이 가고
서리 내리는 늦가을

빨간 핏빛 상처
산수유 열매로 맺히었다

안개꽃

보고플 때면
저 하늘의 별을 따다
작은 꽃을 만들었습니다

사랑이 넘칠 때면
저 하늘의 별을 따다
하얗게 물들였습니다

많은 별을 따야 했기에
많은 꽃을 만들어야 했기에
다 담을 수 있도록 아주 작게 만들었습니다

그렇게 밤을 새우고 맞이하는 아침
작은 별처럼 작은 눈꽃송이처럼 피어난 안개꽃

한 아름 안고 다가가
떠오르는 햇살보다 더 눈이 부신
그대에게 바칩니다

보고플 때면
사랑이 솟아오를 때면
한 송이 한 송이 보아주소서

귀뚜라미

귀뚜라미도 사랑을 할 땐
목청 돋우어 님을 부른다

천적들의 눈에 띄는 순간
생사가 갈리는 처지에서도

사랑을 할 땐
님을 부를 땐

목이 터져라
귀가 뚫어져라
소리 높여 외쳐 부른다

너는 그래 보았니

오지 않는다
주지 않는다
원망만 했지

언제 한번
목이 터져라
귀가 뚫어져라

밤이 새도록
불러보았니

지렁이

지렁이라고 우습게 보지 마라
밟으면 꿈틀하는 성질쯤 나도 있다

너희들 꼴 보기 싫어
너희들과 한 통속 되는 거 싫어

눈 떼고 발 떼고
흙 속에 사는 깊은 뜻을

네깟 놈들이 알기나 하겠는가
네깟 놈들의 좁은 소갈머리로 상상이나 하겠는가

나 건들지 마라
땅 속까지 쫓아와 제발 건들지 마라

나도 꿈틀한다
몸이 두 동강 세 동강 날지언정

건들면
꿈틀한다

구절초

이슬방울마다
햇살을 잉태하는 아침

이슬 머금고 피어난
구절초 꽃 한 송이

웃음 지을 때마다
햇살이 뿜어져 올라

하늘도 땅도
온 세상이 환한
웃음꽃

접시꽃

많고 많은 이름 중에
하필이면 접시꽃

담으라고 만들어진 것이 접시
그런 이름을 가진 당신

담아주는 이
아무도 없으시니

삐치셨나
마음을 비우셨나

담을 수 없게
옆으로 세워 놓으셨네

이 마음 진작부터
담아드리려 했는데

알 듯 모를 듯한
빨간 웃음
하얀 웃음

망설이다가
눈치만 살피다가

뜨거운 여름날
땀만 삐질삐질

피어나고
다시 또 피어나고

이러다가 하늘까지 닿겠네

넝쿨장미

넘볼 수 없는 아름다움에
얼굴마저 마주치기 힘들어하는 나

그런 내게
고혹스러운 향기를 뿜어대어
나도 모르게 끌려가게 만드는 너

막상 다가서면
목에는 서슬 퍼런 가시가 수없이 돋아나

감히 다가서기조차 힘들게 하는
도도한
너

그러한 줄로만 알고 있던
네가

담장을 넘어
나 몰래 지켜보고 있었음을

몰랐어
바보같이 바보같이

그런 네 속도
모르고

꿈길

산도 꿈을 꿀 땐
구름 위에 두둥실 뜬다

구름도 꿈을 꾸면
산도 번쩍 들어 올린다

꽃들이 울긋불긋
꿈을 꾸는 산길을

초록이 부풀어
꿈을 꾸는 산길을

하늘 끝닿은 곳으로 간다
꿈길을 간다

능소화 2

담장을 부여잡고 백날을 기다려도
오지 않는 사람

죽은 고목나무 따라
목 길게 늘리어 바라보면

오시는 모습
보이려나

밤새 비가 내리던 새벽
그만 꽃이 되었다

오직 당신께만 볼 수 있도록
허락하는 꽃

능소화로
피어났다

아무나 넘볼 수 없는 고귀한 꽃
당신만 보아주소서

산동백(생강나무)

티 나지 않도록
겸손하게 피는 꽃

향기마저 숨기려
조용히 숨 쉬는 꽃

티 내지 않아도
눈에 띄는 자태

숨기어도
드러나는 향기

산동백 수줍게 피어난
산골 마을

발걸음 소리에
숨어 버릴까

봄이 오는
길을 따라

살금살금
사뿐사뿐

오솔길을
걸었다

세 잎 클로버

내 앞에 있는
당신이라는 행복
그걸로 충분합니다

다른 행운 따윈
필요 없습니다

당신이라는 행복
그것만이 필요합니다

당신만을 사랑합니다

하얀 목련

눈 멀도록
진한 향기 뿜어

뽀얀 속살 드러낸
하얀 목련

산 그림자 타고 넘어온
달빛으로

앞가슴 헤치던
명지바람으로

그대 함박웃음 헤집고
빠져 볼까나

5부

그리움
그리고 사랑

밥은 먹었나요

그런데 왜 이렇게 뭉클하지

제일 흔한 말인데

제일 먼저 찾아오는 당신

이른 아침
제일 먼저 찾아오는 당신

현관문은
열지도 않았는데

어떻게 이 가슴을 열고 들어와
나의 심장을 두드리고 계시나요

시냇물처럼

두둥실 흰 구름 띄워놓은 파란 하늘
그대로 담는 시냇물처럼

그대를 그대로
이 가슴에 담으니

돌돌돌 흘러가는 시냇물처럼
흐르고 흐릅니다

당신의 마음

당신의 마음은
끝끝내 숨기시면서도

내 마음은 훤히
읽으시는 당신

살짝궁 문을 열고
들여다보려 해도

알듯 모를 듯
깊으신 당신의 마음

헤아려도 헤아려지지 않는
당신의 마음

별 만큼

그대 그리울 때마다
하늘에 별 하나씩 새겨 넣습니다

하나둘 새겨 넣은 수많은 별
그대 계신 하늘에서도 보이나요

내 그리움이
딱
그만큼입니다

고요한 밤

바람이 걸어와도
바스락바스락
소리 들릴 듯한
고요한 밤

그대 오는 소리
금방이라도
들릴 것만 같아

귀 기울이다 귀 기울이다
창을 열면

별빛만 소록소록
쌓여갑니다

파도뿐이랴

하얀 포말로 부서지며 밀려오는 것이
파도뿐이랴

울부짖으며 미친 듯이 밀려오는 것이
파도뿐이랴

하얀 백사장에 쪼그리고 앉아
고요히 있고픈 내게

밀려오고 또 밀려오는 것이
파도뿐이랴

그대 오는 소리

창에 귀 대어 듣고 있으면
눈 내리는 소리
소록소록

가슴에 귀 대어 듣고 있으면
그대 오는 소리
두근두근

영혼이 허기질 땐

몸이 허기질 땐
밥 먹으면 되는데

영혼이 허기질 땐
어떻게 하지

먹어도 먹어도
채워지지 않는 영혼

그대만이
오직 그대만이
채울 수 있다 하는데

날마다 꽃길

날마다 꽃길만 걸으라 하시면서
꽃씨는 보내지 않으시나이까

날마다 꽃길만 걸으라 하시면서
꽃은 심지 않으시나이까

날마다 꽃길만 걸으라 하시면서
꽃은 가꾸지 않으시나이까

하얀 봉투에 꽃씨를 두둑이 담고
가슴속 깊이 숨겨놓았던
이 내 마음씨 한 줌도 담아
보내 드리오니

아무도 모르게
그대 가슴에
날마다 심으시고
날마다 가꾸어 주소서

햇살이 맑은 날
그대 손을 잡고
꽃길만 걸어가리라

그대 발자국

눈길을 걸으면
발자국이 생겨나듯

이 가슴에 새겨지는
그대라는 발자국

눈길에 남겨진 발자국
봄이 오면 녹아 없어져도

이 가슴에 새겨진
그대라는 발자국

풀잎처럼
짙어갑니다

그대 부르려 하면

그대 부르려 하면
마음 터에 사랑초 뿌리를 내리고
달보드레한 햇살 내 입술에 입맞춤하네

그대 부르려 하면
메마른 가슴에 매지구름 몰려와 비 뿌리고
눈가에 이슬 맺혀 순백 꽃으로 피어나네

그대 부르려 하면
수피아 사나래 짓에 향기 뿜어져 나오고
심장엔 벌써부터 쇠북소리 요란하니

그대 부르면
그대
부르면
정녕 내게로 오시겠지요
꿈인 듯 생시인 듯

당신

변하지 않는
늘 한결같은 사람

하지만
언제나 새롭게 느껴지는 사람

두드립니다

나의 문은 이미 다 열려있는데
자꾸만 내 가슴을 두드리는 당신

더 열어 드릴 것도 없으니
이제는 제가 당신의 문을 두드려야겠습니다

당신의 가슴을 두드려도
먼저 두근거리는 건
제 가슴입니다

모자이크 그림

조그만 점들이 모여
그림이 되는 모자이크

우리의 실없고 덧없는
사연의 조각들

의도한 그 어떠한 일도 없이
인위적인 그 무엇도 없이

하나둘 쌓여가며
모자이크가 되고
그림이 되어 갑니다

이인칭 고유명사는
삼인칭 대명사로 바뀌어 지고

삼인칭의 대명사가
틀림없는 나인 줄을
틀림없는 너인 줄을
알아가게 되는

지표 없이도 방향이 되고
목표 없이도 목적이 되는

법으로 정해진 것처럼
너의 눈빛은
나의 말 한마디는

거부할 수 없는 강력한 힘이 되어
다가오고

우리는
어느새 운명이 되어갑니다

나는 당신의 사람
당신은 나의 사람

밥은 먹었나요

밥은 먹었나요

그런데 왜 이렇게 뭉클하지

제일 흔한 말인데

빗방울만 토닥토닥

내가 힘들 때
토닥토닥 내 어깨를 두드려 주던
당신의 손길

오랜만에 내 어깨를 토닥토닥 두드리는 손길이 있어
가만히 눈을 감고 느껴 봅니다

당신의 손길은 따뜻했는데
나도 모르게 흘러내리는 눈물

당신인가 싶어 눈을 뜨고 돌아보면
빗방울만 토닥토닥

어깨가 시려옵니다

중년의 설레임

철 다 들려면 아직은 먼 나이
그래도 연식이 아주 짧다고는 할 수 없지

설레임이란 그 무슨 말 같지 않은 허튼수작
스스로를 핀잔하며 타박해 보지만

바람이 몹시 불던 날
미루나무 가지 끝에 걸린
비닐 조각처럼
펄럭거리기만 하는 이 가슴은
무엇인지

그대여 혹여 이 소리 듣거들랑
그다지 허물은 하지 마오

묵언 통화(默言 通話)

아무 말도 없이 한 시간을 통화했지
그래도 마냥 좋았어

아무 말도 하지 않고 또 한 시간을 통화했지
그래도 너무 좋았어

호흡소리 침 넘어가는 소리
그냥 잠자코 있는 소리

가끔 별이 스쳐가는 소리
꽃잎 피어나는 소리마저 들려왔지

아무 말 없이 전화기만 들고 있었어도
너무 좋았어

아무 말 없이 전화기만 들고 있었어도
전화기를 내려놓기 너무 싫었어

그렇게 한 시간 두 시간
그렇게 하루 이틀 사흘…

6부

아픔

이제 그만 아파하고
이제 그만 썩이고

다알리아꽃 활짝 피어나듯
환한 웃음꽃만 피워 주오

남겨진 커피

비 내리는 카페
텅 빈 테라스

테이블 위에 그대로 남겨진
짙은 갈색 커피

비가 내려
엷게 바래져 가도

오는 사람도
기다리는 사람도

오지 않는 사람도
기다리던 사람도
보이지 않는

비 내리는 카페
텅 빈 테라스

누구의 커피인가
비 맞아 점점 묽어져 가도

갈색 우수
점점 짙어만 가네

아무도 없는 빈 의자엔
슬그머니 어스름이 내려앉고

가라 해 놓고

앞만 보고 가라 했는데
뒤돌아보지 말고 가라 했는데
왜 자꾸 돌아보시나이까

어여 가라 했는데
서지 말고 어여 가라 했는데
왜 자꾸만 멈칫거리시나이까

그댈 보내고
되돌아오는 길

보이지 않는 그대인 줄
가고 없는 그대인 줄
뻔히 알면서도

뒤돌아보지 말라 해 놓고
멈칫거리지 말라 해 놓고

나는 왜
뒤돌아보게 되는 건지

나는 왜
멈칫거리게 되는 건지

겨울의 길목

사랑이 멀어져 가니
가을도 멀어져 가네

오지 말라는 감기는
겨울처럼 슬그머니 다가오고

가시 말라는 가을은
뒤도 돌아보지 않고 매정하게 떠나가네

사랑아 가지 마라
사랑아 가지 마라
큰 소리로 부르려 하면
소리보다 먼저 쏟아져 나오는 삭은 기침

뒤돌아보지 않는 이에게
가지 말라는 이리 오라는 손짓은
아무리 해도 소용이 없고

자꾸만 멀어져 가는 너의 모습
아득히 멀어져 가는 너의 모습

바라볼 수밖에

가을처럼 보낼 수밖에

대못

그토록 나를 미워하시는 당신
큰 대못이 박혔다고 하는 당신

대못은 목수나 박는 줄 알았는데
목수도 아닌 내가 박아버리고 말았습니다

사랑하는 이의 가슴에는
서운한 마음만으로도
큰 대못이 박히나 봅니다

비 그치고 나면 맑은 하늘이
바람 그치고 나면 고요한 평온이
어둠 걷히고 나면 밝은 새벽이 오듯

나를 미워하시는 당신
미움이 그치고 나면

깊은 사랑이
커다란 행복이
당신 가슴에 하나 가득 채워지면 좋겠습니다

터 벅 터 벅

서산에 해 지려 하니
빌딩 숲에는 하나둘 불 켜지고

외로운 그림자 한숨처럼 길어져도
점점 움츠러드는 어깨

한 무리 비둘기 떼
집을 찾아 부지런을 떠는 거리

나 홀로
갈피를 모르는 발길

어디로 갈거나
터 벅 터 벅

웃음꽃

씨가 썩지 않고서야
어찌 새로운 싹을 틔워낼 수 있으리

얼마나 썩어야 새싹이 돋을까
얼마나 썩어야 다시 새 살이 돋을까

얼마나 아파야 꽃이 피어날까
얼마나 아파야 웃음꽃이 피어날까

모든 것이 다 나의 잘못
미안하오 정말 미안하오

내가 대신 다 아파 드리리다
내가 대신 다 썩어 드리리다

이제 그만 아파하고
이제 그만 썩이고

다알리아꽃 활짝 피어나듯
환한 웃음꽃만 피워 주오

그대는 오로지
웃는 일만 해 주오

거울 속의 바보

왜 그렇게 슬픈 눈동자로
나를 쳐다보는 거니

왜 그렇게 측은한 눈빛으로
나를 보는 거니

네가 더 슬퍼 보이는데
네가 더 측은해 보이는데

우울한 거니
아니

우울하지 않다고
아니

괜찮다고

너는 괜찮은데
내가 더 걱정이라고

에이 바보
나는 네가 더 걱정인데

힘들어 보여
아무 일도 아니라는 듯한 너의 과장스러운 몸짓
더 힘들어 보여

괜찮아 나는 괜찮아
힘내
너만 힘내면 돼

내가 응원할게
바보
이 못난 바보야

그리우면

밤새 뒤척이며
잠 못 들어 하던 밤

이 세상 모든 걸 다 받아주는 바다
그 너른 바다도

밤새 뒤척이며 잠 못 드는 걸 보니
너도 그리운 이 있었니

모든 걸 다 받아주고도 남음이 있는
너른 가슴을 가진 너

그런 너도
그리우면 잠 못 들고
몸부림치는 거였니

새벽안개

끝내 외면하시는 당신
가라 가라 했어

안개 낀 이른 새벽
내 눈물 떼어
풀잎마다 달아 주는 이슬

걸어 걸어가는 길
발목을 잡아당기는 건
풀섶 뿐인가

안갯속 어딘가에
있을 것만 같아
가고 또 가고

안개가 걷히질 않기를
바라는 건

보고 싶지 않아서가 아닌
보이지 않을까 봐

영혼이 허기질 때

안상제 지음

발 행 처 · 도서출판 청어
발 행 인 · 이영철
영   업 · 이동호
홍   보 · 천성래
기   획 · 남기환
편   집 · 방세화
디 자 인 · 이수빈 ┃ 김영은
제작이사 · 공병한
인   쇄 · 두리터

등   록 · 1999년 5월 3일
(제321-3210000251001999000063호)

1판 1쇄 발행 · 2021년 11월 30일

주소 · 서울특별시 서초구 남부순환로 364길 8-15 동일빌딩 2층
대표전화 · 02-586-0477
팩시밀리 · 0303-0942-0478

홈페이지 · www.chungeobook.com
E-mail · ppi20@hanmail.net
ISBN · 979-11-5860-996-2(03810)

본 시집의 구성 및 맞춤법, 띄어쓰기는 작가의 의도에 따랐습니다.